D0993023

El zorrito abandonado

El zorrito abandonado

Irina Korschunow

Traducción de Rafael Arteaga

Ilustraciones de Patricia Rodríguez

GRUPO
EDITORIAL
norma

www.librerianorma.com
Bogotá, Barcelona, Buenos Aires, Caracas,
Guatemala, Lima, México, Miami, Panamá,
Quito, San José, San Juan, San Salvador,
Santiago de Chile, Santo Domingo.

Título original en alemán:
Der findefuchs
de Irina Jkorschunow

Una publicación de Deutscher Taschenbuch Verlag GmbH &
Co.KG. Munich

Por Editorial Norma S. A.
Monjitas 527, piso 17, Santiago de Chile, Chile

Primera reimpresión, 1992

Esta obra se terminó de imprimir en enero de 2014,
en los talleres de Editora e imprenta Maval Chile Ltda.

Impreso en Chile - *Printed in Chile*

Diagramación y armada: Blanca O. Villalba
Elaboración de cubierta: María Clara Salazar

C.C. 26011028
ISBN: 958-04-1380-0
ISBN: 978-958-04-1380-6

Contenido

De cómo la zorra se convierte en la madre del zorrito abandonado

El zorrito está solo

El zorrito temblaba de miedo entre los matorrales; se había quedado solo, completamente solo. Estaba esperando a su madre, pero ella jamás volvería. Un cazador la había matado. Pasaron muchas horas, y comenzó a llover. El zorrito, cada vez más atemorizado, sentía frío y hambre.

Una zorra que pasaba por ahí alcanzó a oír los gemidos del cachorro. «Será mejor que siga de largo», se dijo. «Mis hijos me esperan en la

madriguera». Pero los sollozos del zorrito la conmovieron tanto que terminó por meterse entre los matorrales para ver qué pasaba.

—¿Qué tienes, pequeño? —preguntó la zorra, acariciando la cabeza del cachorro con una pata.

El zorro comenzó a chillar todavía más fuerte, como hacen los zorros chiquitos cuando tienen hambre.

—¿Por qué estás tan solo en medio del bosque? —le preguntó la zorra, asombrada—. ¿Dónde está tu madre? ¿O es que no tienes madre?

La zorra se inclinó sobre el zorrito
y lo olfateó. Olía como huele cual-
quier zorrito, y era suave y peludo,
como todos los zorritos.

—¡Pobre bebé! —exclamó, y volvió a acariciarlo con una pata.

El cachorro dejó de llorar. La zorra olía como su madre y despedía tanto calor como ella. ¿No podría darle un poco de leche? El zorro se metió bajo el pecho suave de la zorra y comenzó a mamar. ¡Qué hambre tenía!

La zorra retrocedió, haciendo a un lado al cachorro. «Este pequeño no es hijo mío; no lo traje al mundo», pensó. «Además, debo velar por mis tres hijos y eso es ya suficiente responsabilidad».

—Sigue durmiendo, pobrecito —le dijo al cachorro, y se levantó.

Antes de irse, lo miró por última vez. ¡Qué solo iba a quedarse!... Ella le había dado su calor y su leche. «¿Cómo dejarlo ahora?», se preguntó.

Con mucho cuidado, lo alzó. El zorrito se despertó y comenzó a lloriquear. La zorra lo puso suavemente sobre la hierba y lo lamió.

—No tengas miedo, hijito. Ya nos vamos a casa —le dijo, volviendo a tomarlo entre los dientes y poniéndose en camino a la madriguera.

Era mediodía y el bosque parecía tranquilo.

El cachorro comenzó a llorar de nuevo y a tiritar de frío.

—Está bien, te daré de comer —dijo la zorra, y se acostó a su lado para calentarlo.

El zorrito se acurrucó junto a ella y comenzó a mamar. Chasqueaba la lengua de puro contento y no paraba de chupar.

—Come, come, hasta que estés llenito —le decía la zorra.

El perro

Cuando el zorrito terminó de comer todo lo que le cupo, y un poquito más, se quedó profundamente dormido. La zorra permaneció un rato junto a él, feliz de verlo contento y satisfecho. «Ya vendrá a buscarlo su madre», pensó. Sin embargo, el tiempo pasó y la madre del zorro no apareció. La zorra comenzó a preocuparse; debía volver a la madriguera, donde sus hijos la esperaban.

De repente, se detuvo, asustada.
Escuchaba ladridos. Era, sin duda, el
perro del cazador, ¡ese malvado perro que rastreaba las huellas de los
zorros y los perseguía para matarlos!

—Zorra, zorra, zorra! —ladraba el perro, acercándose—. ¡Zorra, zorra, zorra!

La zorra, despavorida, trató de alejarse, pero como llevaba cargado al zorrito, no podía correr tan rápido como de costumbre. Mientras tanto, el perro se acercaba más y más.

La zorra pensó con horror en los afilados dientes del perro; pensó en todos los zorros y zorras que ese perro había matado, y pensó que si abandonaba al zorrito, salvaría su propia vida. Pero no lo hizo. Lo sostuvo en-

tre los dientes con todas sus fuerzas y siguió corriendo en zig-zag por la espesura, tratando de engañar al perro.

Jadeaba tanto que casi no podía respirar, pero siguió adelante con su preciosa carga.

Saltó por encima de una rama caída. Su olfato le decía que había agua cerca. Pronto encontró un ancho arroyo y de un salto se metió en el agua. Nadó hasta la otra orilla y se escondió detrás de unos matorrales.

No podía más. Era incapaz de seguir. Se tendió sobre la hierba y esperó a su perseguidor.

Al otro lado del arroyo, el perro rastreaba el olor de la zorra, gruñía furioso, ladraba y volvía a olfatear la tierra, pero no encontraba nada. El agua había borrado todo rastro de la zorra.

El perro corrió un par de veces más a lo largo de la orilla y, finalmente, dando media vuelta, se fue por donde había venido.

—Nos salvamos, pequeño —dijo, todavía jadeante, y dejó caer al cachorro sobre la hierba.

El zorrito se acomodó al lado de su nueva madre y comenzó a alimentarse. La zorra extendió las patas y agachó la cabeza. Descansaría un poco antes de seguir su camino.

Al rato, se levantó y le dijo al zorrito:

—Ven. Ahora sí nos vamos a casa.

tre los dientes con todas sus fuerzas y siguió corriendo en zig-zag por la espesura, tratando de engañar al perro.

Jadeaba tanto que casi no podía respirar, pero siguió adelante con su preciosa carga.

Saltó por encima de una rama caída. Su olfato le decía que había agua cerca. Pronto encontró un ancho arroyo y de un salto se metió en el agua. Nadó hasta la otra orilla y se escondió detrás de unos matorrales.

No podía más. Era incapaz de seguir. Se tendió sobre la hierba y esperó a su perseguidor.

Al otro lado del arroyo, el perro rastreaba el olor de la zorra, gruñía furioso, ladraba y volvía a olfatear la tierra, pero no encontraba nada. El agua había borrado todo rastro de la zorra.

El perro corrió un par de veces más a lo largo de la orilla y, finalmente, dando media vuelta, se fue por donde había venido.

—Nos salvamos, pequeño —dijo, todavía jadeante, y dejó caer al cachorro sobre la hierba.

El zorrito se acomodó al lado de su nueva madre y comenzó a alimentarse. La zorra extendió las patas y agachó la cabeza. Descansaría un poco antes de seguir su camino.

Al rato, se levantó y le dijo al zorrito:

—Ven. Ahora sí nos vamos a casa.

El tejón

Había anochecido. La zorra corrió por el bosque con el pequeño en el hocico. Se había alejado demasiado de su madriguera.

De repente, apareció un tejón.

—¿Qué traes ahí? —le preguntó, mirándola fijamente.

La zorra no contestó y quiso seguir su camino, pero el tejón le cerró el paso.

—¡Quiero saber qué llevas ahí! —dijo.

La zorra puso al zorrito en la hierba y lo protegió con su cuerpo. Levantó la cabeza y enseñó los dientes con furia:

—Es mi nuevo hijo —dijo.

—¡Un hijo adoptado! —exclamó el tejón—. ¿Para qué lo quieres? ¡Ya tienes tres hijos! Dámelo. ¡Me lo quiero comer!

—¡Lárgate! —gruñó la zorra—.
El zorrito es mío. Le di mi calor, le di
mi leche, huí del perro del cazador
con él y lo traje hasta aquí. ¡Es mi
hijo y no se lo daré a nadie!

—¡Pero yo me lo quiero comer!
—gritó el tejón, y saltó sobre la zorra, quien, a su vez, lo llenó de arañazos.

El tejón bufaba de rabia. Rechinó espantosamente los dientes y se preparó para saltar otra vez sobre la zorra. Era fuerte y rápido, pero la zorra también lo era, y ahora que peleaba para defender a su zorrito recién adoptado, tenía más fuerzas que nunca. Luchaba con dientes y garras.

El tejón le mordió el lomo y le rasguñó el hocico, pero ella ni siquiera se dio cuenta. Solo pensaba en su zorrito y seguía peleando. El tejón vio que era inútil resistir más mordiscos y arañazos: la zorra no cedía.

—¡Quédate con tu zorro! —gruño, y salió corriendo.

—¡Lárgate! —gruñó la zorra—.
El zorrito es mío. Le di mi calor, le di
mi leche, huí del perro del cazador
con él y lo traje hasta aquí. ¡Es mi
hijo y no se lo daré a nadie!

—¡Pero yo me lo quiero comer!
—gritó el tejón, y saltó sobre la zorra, quien, a su vez, lo llenó de arañazos.

El tejón bufaba de rabia. Rechinó espantosamente los dientes y se preparó para saltar otra vez sobre la zorra. Era fuerte y rápido, pero la zorra también lo era, y ahora que peleaba para defender a su zorrito recién adoptado, tenía más fuerzas que nunca. Luchaba con dientes y garras.

El tejón le mordió el lomo y le rasguñó el hocico, pero ella ni siquiera se dio cuenta. Solo pensaba en su zorrito y seguía peleando. El tejón vio que era inútil resistir más mordiscos y arañazos: la zorra no cedía.

—¡Quédate con tu zorro! —gruño, y salió corriendo.

La zorra, feliz de haber ganado, le gritó, riendo:

—Y tú, vete a comer lo que eres capaz de cazar: ¡caracoles y arañitas!

Entonces, al ver que el zorrito estaba llorando, lo lamió con ternura y le dijo:

—No tengas miedo. Nos ha ido bien. Ya nos vamos a casa.

Y tomó al zorrito entre los dientes y corrió a la madriguera, que ya estaba cerca.

Los zorritos

—¡Buenas noches, hijos! ¡Ya estoy aquí! —saludó la zorra al entrar en la madriguera.

Los tres zorritos saltaron de alegría. Tenían hambre y se arrastraron bajo la madre en busca de alimento.

—¡Miren lo que les traigo! —dijo la zorra, y puso entre ellos al nuevo bebé.

El zorrito miró a los tres cachorros desconocidos y empezó a gemir de miedo. Los tres zorritos también gimieron, todos al tiempo.

—Es un zorrito igual a ustedes —les dijo la zorra, y lamió las cuatro cabecitas peludas—. Lo hemos adoptado y ahora será parte de la familia.

Los tres zorritos se acercaron al recién llegado para olfatearlo de arriba abajo. El zorrito olía igual que mamá zorra y esto hizo que se les quitara el miedo.

El zorrito adoptado también los olfateó a ellos, uno por uno. Todos olían igual que mamá zorra y esto hizo que a él también se le quitara el miedo.

—¿Es que nunca van a acabar de olfatearse? —rio la zorra—. ¡Terminen con esa bobada y vengan a comer!

Entonces, todos se echaron junto a la madre y mamaron hasta quedar bien llenos.

En seguida, se pusieron a jugar. Jugaron al escondite, a perseguirse unos a otros, a sorprenderse y salir corriendo, a aullar, a gruñir, a pegarse con

las patas y a rechinar los dientes. La zorra no los perdía de vista. Se lamía las heridas y se sentía feliz con sus hijos.

La vecina

Al día siguiente, cuando la zorra salió de la madriguera para ir de caza, se encontró con una vecina.

—Supe que estuviste peleando con el tejón —dijo la vecina—. ¿Todavía te duele la herida del lomo?

—Un poquito —contestó la zorra.

—¿Y cómo están tus tres hijos? —preguntó la vecina.

—Están bien, muchas gracias. Siguen correteando, jugando y creciendo. Pero no son tres, sino cuatro.

—¿Cuatro? —se asombró la vecina—. ¡Qué raro! Ayer no eran sino tres…

—Pues ahora son cuatro —dijo la zorra—. Adopté un zorrito.

—Ah, algo había oído comentar acerca de eso… —dijo la vecina—. ¿Pero te vas a quedar con él? Si ya

tienes tres hijos, no veo para qué ne-
cesitas otro.

—Que lo necesite o no, no tiene
importancia —dijo la zorra—. Lo
recogí, le di calor, le ofrecí mi leche,
huí con él del perro del cazador y
hasta tuve que pelear con el tejón

para defenderlo. Es mi hijo adoptivo y se quedará conmigo.

—¡Qué tontería! Tus propios hijos van a crecer y pronto querrán comer carne. Será una boca más para

alimentar. ¿Acaso piensas cazar para alimentar a un extraño?

—No digas bobadas —dijo la zorra—. Donde hay comida para tres, hay para cuatro.

—A ti no se te puede dar un consejo… —refunfuñó la vecina negando con la cabeza—. Pero dime, ¿qué tiene de especial ese hijo adoptivo?

—¿Que qué tiene de especial? —la zorra se puso a pensar. No encontraba qué tenía de especial su zorrito adoptivo. Era pequeño, peludo, juguetón, consentido… Nasa de eso era especial—. La verdad, vecina, no sé qué tiene de especial mi zorrito —dijo—. Espera un momento, te lo voy a mostrar.

El zorrito encuentra una madre

La zorra volvió a la madriguera para buscar al zorrito adoptivo, pero no lo puedo distinguir de los otros tres zorritos.

Examinó al primero.

Examinó al segundo.

Examinó al tercero y al cuarto.

Todos eran iguales.

Olfateó al primero.

Olfateó al segundo.

Olfateó al tercero y al cuarto.

Cada uno podía ser o no ser su cachorro adoptivo.

Ensayó otro sistema:

—Ven acá, zorrito adoptado —llamó con voz dulce.

Los cuatro zorritos se acercaron arrastrándose y se acurrucaron junto a ella.

La zorra volvió a la entrada de la madriguera y sacó la cabeza:

—Lo siento muchísimo, vecina, pero no te puedo mostrar a mi zorri-

El zorrito encuentra una madre

La zorra volvió a la madriguera para buscar al zorrito adoptivo, pero no lo puedo distinguir de los otros tres zorritos.

Examinó al primero.

Examinó al segundo.

Examinó al tercero y al cuarto.

Todos eran iguales.

Olfateó al primero.

Olfateó al segundo.

Olfateó al tercero y al cuarto.

Cada uno podía ser o no ser su cachorro adoptivo.

Ensayó otro sistema:

—Ven acá, zorrito adoptado —llamó con voz dulce.

Los cuatro zorritos se acercaron
arrastrándose y se acurrucaron junto a ella.

La zorra volvió a la entrada de la
madriguera y sacó la cabeza:

—Lo siento muchísimo, vecina,
pero no te puedo mostrar a mi zorri-

to adoptado. No puedo distinguirlo de mis hijos.

—¡Qué terrible! —exclamó la vecina.

—¡No le veo nada de terrible! Quiero igual a los cuatro cachorros, y eso es lo que importa —contestó la zorra, riendo.

—¿Cómo? —dijo la vecina con asombro—. Bueno, tal vez tengas razón. Voy a pensar en este asunto…

Desde entonces, el zorrito dejó de ser un hijo adoptivo y se convirtió en un hijo más de la zorra.

Ella le dio de comer y de beber, lo protegió y le enseñó todo lo que debe saber un zorro.

Fue así como el zorrito se quedó con mamá zorra y con sus tres hijos, hasta que los cuatro cachorros se volvieron zorros grandes, capaces de valerse por sí mismos.